KB269754

사람은 세상을 살다가 떠나면서
한 편의 시를 남긴다

사람은 세상을 살다가 떠나면서
한 편의 시를 남긴다

구군회 시집

뱅크북

이 글을 읽을 여러분께 말씀드립니다.

저는 올해 71세 구미에 살고 있는 사람입니다.

이 글을 읽으시고 평가는 하지 말아주세요. 저는 시인도 아니고 더욱 글을 전문적으로 쓰는 작가도 아닙니다.

그냥 살면서 취미 삼아 가끔씩 쓴 글입니다.

제 마음속에 있는 말과 그리고 오랫동안 살아오면서 격은 인생관, 오랫동안 사랑한 사람과 헤어진 뒤 그리움일까 아쉬운 마음을 표현 했습니다.

그리고 세상을 떠나신 어머님에 대한 그리움입니다.

글에 대한 평가는 하지 않았으면 좋겠습니다.

그냥 한번 읽어 본다는 마음으로 보아 주시면 감사하겠습니다.

1집 〈깃털 같은 씨앗〉, 2집 〈행운목의 꽃〉, 3집 〈인생 시집〉(구대렬 예명으로 되어있음)

2025년 10월

구군회

차 례

안개

성경에 이런 말이
있습니다 너희는
잠깐 보이는 안개니라
하나님의 말씀입니다

어쩌면 너무나
맞는 말이 아닌가
생각이 듭니다
인간은 이 세상에서

살아봐야 백 년도
살기 힘든 인간이 아닐까요
그러니 하나님 보시기에
잠깐 보이는 안개니라

하지 않았을까요
인간은 권력과 부를
가지면 다 가졌다고
생각할지 모르지만

그러나 인간은 자신의
생명을 자신이 가질 수
없기에 아무리 권력과 부와
명예를 가져도 인간은

오늘도 세상을 떠날 수도
있고 내일도 세상을 떠날 수
있기에 하나님이 보시기에
잠깐 보이는 안개라니라

말씀하지 않았을까요
그러므로 우리는 늘
하루를 살아도 즐겁고
행복하게 살아야 합니다

탐욕에 물들지 말고

우리가 가질 능력만큼
가지고 남에게 베풀면서
배려하는 마음을 가지고

항상 감사한 마음으로
교회를 다니지 않아도
항상 기도 속에 살고
자신의 생명은 자신이
지킬 수 없기에 우리는

눈을 뜬 아침에는
오늘도 감사합니다
하면서 하루를 시작하는 겁니다
인간은 잠깐 보이는 안개니라.

하나님의 말씀을 전도하는 차원에서 쓴 글

당신이 잠든 곳에

당신께서 잠든 곳을
다녀왔습니다
푸른 잔디에 내린 이슬을
바라보니 당신께서

흘리신 눈물인가
제 눈가에 눈시울이
젖었습니다
자식들을 위해서

평생을 흘리신
눈물이 많은데
아직도 남아 있었다니
마음이 슬펐습니다

세월에 육신을
부딪치며 오직
자식을 위해서
비바람 눈보라

맞으시며 기도로
애원하시던 당신 모습
그 정성이 헛되어
지지 않아 지금

육남매 건장하게
잘 있습니다
이제는 모두가
육십이 넘었습니다

이제는 언제
당신께서 계신
곳으로 갈지
아무도 모릅니다

늘 당신의 마음

당신의 기도
있지 않고 기억하고
살아가고 있습니다

고맙습니다
감사합니다
존경합니다
훌륭하신 당신을 잊지 않습니다.

성묘를 다녀와서,
2025년 10월 5일

인생 길 세월 길

아장아장 걸음으로

들어선 길 무슨 길인지

모르고 한참을 걷다가

이 길이 힘들고 어려운

인생길 세월길이란걸 알았네

되돌아가기에는 이미 늦어버렸다

이 힘든 길 어려운 길이

무지개 꽃이 피어있을까

되돌아갈 수 없다면 달려가자

꿈이 있고 희망이 있고

사랑이 있는 길이면 열심히 달려가자

용기를 내어 달려가자

꿈을 이루고 행복을 찾고

사랑하는 사람을 만나 꿈을 이루자

우리 모두 열심히 달려가자

인생길 세월길 헤쳐나가자
용기를 내어 달려가자
우리 모두 하나가 되어
달려가자 달려가자 달려가자
우리 모두 하나가 되어

마음속의 집

마음속의 집이 없어졌다
그리우면 찾아가고
보고 싶으면 찾아가고
그러던 마음속의 집이
이제는 갈 수가 없다
언제나 갈 수 있는 마음속의 집
이라고 생각했는데
나의 착각이라는 것을
생각하니 너무나 허망하다
비가 오나 눈이 오나
삶이 고달파도 자식을
위해서 지붕이 되어
자식들의 피난처가 되어준
마음속의 집이 되어주신
당신께서 이제는

푸른 잔디 이불 삼아
잠들어 버린 당신을
제 마음속에는 언제나
변함없는 마음속의 집입니다
보고 싶고 그립고 생각나면
찾아뵈옵고 인사드리겠습니다.

인연이었을까

산길 길목에서
피할 수 없는 인연이었을까
바람에 흘러가는 구름 위에
사랑의 마차를 타고
태풍처럼 휘몰아치는
사랑의 노랫소리에
흥겹게 시간 가는 줄 몰랐지
잠잠한 파도 소리에
눈을 뜨고 바라보았을 때는
이미 우리는 난파 되어버린
배 위에 있다는 것을 알고 말았지
인연이었을까 우리 사랑이
생각하면 햇살에 잠시 피었던 꽃이지만
나에게는 잊을 수 없는
사랑이 아니었나 생각이드네

꽃은 지고 남아있는 것은
그래도 아직 추억은 남아있네
인연이었을까.

아름다운 사랑

네가 아닌 그대가
부족해도 내가 해줄 수
있는 사람이라면
행복한 사랑이라 생각합니다

우연히 만난 사람이지만
나보다 부족한 사람을
사랑할 수 있는 사람이면
마음속에는 아름다운

마음을 간직한 사람이라
생각합니다 아무나 할 수
없는 사랑이 아름다운
사랑이라 생각합니다

가끔 누구나 볼 수 있는

사람들이 아름다운
사랑을 하는 것을 볼 때
우리들은 그들처럼

아픈 사람을 사랑할 수
있을까 생각에 젖어봅니다
아마도 내가 할 수 있을까
내 마음은 상처 난 사람

아픈 사람 그리고
혼자서 생활을 할 수 없는
사람을 사랑하며 살 수 있을까
청춘의 나이에도

그런 사람과 살아가는 사람을
보면 참 아름다운 마음을 가진 사람
아름다운 사랑은 아무나 할 수가
없구나 생각이 든다

진정한 사랑은 아름다운 사랑을
할 줄 아는 사람만이 할 수가 있구나.

소리없이 떠나간다

네가 나와 함께
있어도 네가 떠나가는
줄 나는 몰랐구나
바람이 불어 잠시

내 몸이 흔들리는
줄 알았지
네가 바람따라
떠나간 줄 몰랐구나

살면서 가족이라
친구라 말하고
사랑한 사람이라
말하지만

우리는 어느 날
소리 없이 말 한마디 남기지 않고
바람에 떨어지는
                              25

잎새처럼
소리 없이 떠나간다
우리는 언제부터인가
소리 없는 이별 속에 살아간다.

너와 나

너와 나는
길목에서 만난
동행인지 모른다
먼 여행을

떠나는 길에서
만난 여행의 동행자
너와 나
가는 곳이 정해진

곳이 없지만
우리는 지금 떠나고 있다
너는 바람이 불면
가야 하고 나는

세월의 바람에
밀려 떠나야 하고
너와 나는
가기가 싫어도

멈출 수 없이
가야 하는 동행자
힘이 들면 가다가
잠시 쉬어가지만

너와 나는
힘이 없어서 갈 수 없을 때
너와 나는
한 줌 흙으로 돌아가겠지.

여보

여보
가슴속 스며든
깊은 말인데
두고두고 하고 싶은

말인데
당신의 목소리
당신의 모습을
처음 본 순간

내 마음속
말이 아닌 함께
하면서
부르고 싶은

말 여보 ~
마음속 약속을
했는데
내 마음속 약속을

나 스스로
지키지 못한 마음
나 자신에게
매질을 하여도

이루지 못했네요
정말 내 가슴에
내 마음속에 여자인
당신인데

그래도 당신도
나를 처음 만나면서
마음속 기대를
하지 않았다면 ~~~~~~~~~~~

당신과 함께

꽃이 피는 봄이면
다정히 손잡고
꽃길을 걷고 싶었고

해가 지는
저녁노을 보면서
창가에 앉아
당신의 미소를

보면서 행복한
당신의 얼굴을
그리며
살고 싶었는데

그 꿈 이루지
못해 당신에게
미안하오
내 삶에 가장

마음이 아름다운
사람을 내게

주셨는데
내 가슴속에

정말 오래도록
여보 라고
불러보고 싶은
말이였는데

부르지 못한 마음
용서하세요
내게 너무나 아름다운
당신이었소.

그대가 눈물을 흘린 이유를 몰랐어요

그대가 눈물을 흘린

이유를 몰랐어요

내가 그대 곁을 떠난다고 말했을 때

그대가 눈물을 흘린 이유를

우린 사랑하지 않았어요

그대도 나를 사랑하지 않았고

나도 그대를 사랑하지 않았고

친구에게 물어보았어요

내가 떠난다고 하니 눈물을 흘리더라고

바보래요 나보고

그대 가슴속에 나에 대한

연민의 정을 간직하고 있었다고

나는 몰랐어요 그대가 내게

연민의 정을 느꼈는지 정말 몰랐어요

나 떠나지 않을게요 그대 곁에 있을게요

그대 눈물 흘리지 않게요

나 떠나지 않을래요 그대 곁에 있을래요

그대 울지 않게요 그대 눈물 흘리지 않게요.

돌아가고 싶네

돌아가고 싶네
그곳으로
내 고향 그곳으로
돌아가고 싶네
엄마의 품속처럼
따스한 그곳으로
돌아가고 싶네
어릴 적 동무들과
도랑에서 송사리
가재 잡고 냇가에서

물장구치고 멱 감던
추억이 묻어있는 그곳으로
돌아가고 싶네
어느새 친구들은

하나 둘 떠나버리고

어릴 때 함께 자랐던

버드나무 고목되어

홀로이 그곳을 지키고 있네

모두가 떠나버린 빈집은

거미가 주인이 되고

마당 한구석 피어있는

민들래꽃이 웃으면서 나를 반기네.

한 송이 꽃처럼

산길을 오르다 보면
비탈진 곳에 한 송이 꽃을 볼 수가 있다

누군가 심지도 않는 꽃
누군가 기르지 않는 꽃
누군가 돌보지 않는 꽃

그러나 우리는 꽃을 보고
아름답다 이쁘다 향기가 좋다
인사를 건넨다
그리 이쁘지 않은 꽃 향기가 진한 것도 아니지만
많은 꽃 속에 있으면 빛나는 꽃도 아니지만

세상을 살아가면서 나 자신도 비탈진 곳에
피어 있는 꽃이 되어보자

미약하나 나의 손길을 기다리는 사람은 많다
외롭고 슬슬 하게 혼자 보내는 사람들에게나

나의 이웃에 혼자 있는 노인이나
작으나 내 마음을 봉사하면 아마도
그런 사람들에게는 비탈진 곳에 피어있는
한 송이 꽃처럼 느낄겁니다
사람은 누구나
비탈진 곳에 피어있는 한 송이
꽃처럼 살 수 있습니다.

세월의 달력

아무도
넘기지도 않았는데
세월의 달력은
소리 없이 넘어가

어느새
정유년도 마지막
한 장의 달력이
남았다

많은 아픔과
슬픈 웃음을 우리의
가슴속에 남기고
소리 없이 넘어간다

그 누구도
세월의 달력을
넘긴 사람은 없지만
세월의 달력은

오늘도 멈추지 않고
소리 없이 넘어간다
닦아오는 무술년도
소리 없이 넘어가겠지…….

사랑의 소리

흐르는 물은
소리를 내면서 흘러가고
시간은 지나가도 소리 없이
지나가고 세월이 가도
소리 없이 가는구나
사랑을 할 때는 사랑의 소리가
매일 들려오더니
사랑이 떠나가니 사랑의
소리도 들을 수가 없네
사랑이란 할 때는 즐거움과
행복과 웃음을 주지만
사랑이 멈추어 버리면
외로움과 고독만이 나를
더 힘들게 하는 것 같아
사랑이란 무엇일까?

길

달빛을 안고
길을 걸어간다
어둠 속에 희미한
빛을 따라간다

동이 트지 않는
길이 안개 속에 묻혀
끝이 보이지 않는
길을 따라간다

안개가 걷히면
꽃길이 있을까
그러나 꽃길은 보이지 않고
이슬비가 내린다.

이슬비에 젖나
싶었는데 바람이 불고
세찬 비가 내린다
흠뻑 젖어 버린 모습

햇빛이 잠시
젖은 나를 비추어주고
젖은 몸이 햇빛에
말라 조금은 가벼진 듯하다

그러나 아직은
남은길이 얼마인지
끝이 어디인지 모른다
무엇이 길목에서

나를 기다리고
있는지 알 수 없다
꽃이 피어 향기가
있는 길이면 더욱 좋지만

눈보라 치는 길이

나를 기다리고 있는지
가을의 아름다운 계절처럼
아름다운 길이 기다리고 있는지
알수없는 길을 멈추지 못하고
가야하는 길

그렇게 우리는
오늘도 길을 걸어간다.

정해년

오십년 세월동안

난 너를 배웅만 하고

너는 안녕이란 말한마디

하지않고 소리없이 가는구나

이별이란 아픔에

늘 가슴아픈 사연 있지만

또다시 네게 돌아올때

난 너를 두손벌려

따뜻한 가슴으로

안아주고 받아주고

또 그렇게 한해을 시작하고

말없이 가버린 너지만

언제나 갈때는

내 모습마져 바꾸어버린채

넌 네게 미안하다는 말

한마디 없이 가벼렸지

언제쯤 너와 이별을

할지 모르지만

너와함께 하는날까지

내모습 그대로 두면 안되니

하루 하루 내 모습이

추하게 느껴지지 않니

조금이라도 나를 사랑한다면

말없이 가더라도 내모습

더 변하지않게하렴

언제까지 너를

가슴가득 안아줄지

모르지만 이제는 너를

맞이하는것조차

네게는 힘이 벅차오는구나

달빛 그림자

달빛에
그을린
얼굴로 터벅터벅
길을 걸어간다
달빛에 젖은
그림자 벗을 삼아
인생이란 시를 달빛에
한 수 읊으면서
때로는 찬 이슬에
목을 축여가며
뒤를 돌아보지만
희미한 달빛에
보이는 것은
검게 보이는
산과 나무들뿐이다

선이 그어진 것은

하늘과 산이 맞닿은 능선뿐

달빛 아래 찾을수 있는 것은

아무것도 없는 것 같다

어쩌면 어리석은 생각인지 모른다

달빛 아래 그을린

얼굴은 더 이상

하얗게 그리고 햇빛을

보아도 탈색할 수 없다.

가을 편지

언제 클까?

언제 자랄까

언제 자라서 시집갈까

늘 마음속 혼자 말을 했는데

어느덧 너는 곱게 자라서

아름답게 화장하고

이제 멀리멀리 떠나려고 하고 있구나

이별이란 아쉬움이 있지만

처음 네가 태어나

귀엽게 자라나는 모습을 보고

늘 마음속 깊이

아무 탈 없이 잘 자라기를 기도했는데

너무나 곱게 아름답게 자라서

떠나가는 너의 모습을 보니 행복하구나

아쉬움 마음도 있지만

언젠가 떠나야 할 너이기에
난 미련 없이 너를 보내리라
네가 떠나고 나면
내 가슴은 허전하고 쓸쓸하겠지만
너의 분신이 남아 봄이 오면
또다시 너의 모습을 볼 수가 있어
행복하구나.

님의 목소리

님의 목소리 들으면

희미한 안개 속에

메아리처럼 들리네

진한 커피 향기 속에

님 모습 그리며

달빛 창가에 앉아

기울어져 가는 달빛을 보니

네 마음 님 곁으로 기울어지네

밤새 아픈 마음 잠 못 이뤄

눈물이 이슬이 되어 내리네

아침햇살에 이슬의 빛이

님의 창을 비추어도

님은 고요히 잠들어있네

아침햇살에 이슬의 빛이 사라져도

님은 고요히 잠들어 있네.

거부하는 삶

한 줌 재로
변하면 바람에
날려 찾을 수 없는
존재인데

오늘도
많은 사람들은
한 줌 재로
변하지 않으려고

병원 문턱으로
발길을 향한다
어쩌다 나 또한
그중에 한사람이 되었다

스스로 생각해도
참 이상하다
왜 우리는
자연을 거부하고 살까.

광대들의 세상

탈을 쓰고
춤을 한번 추어보자
네가 누구인지
알아보는 사람 없는데

네가 어떠한
춤을 추던지
아무도 모를 테니까?
네 멋대로 신나게 춤 추자

내 마음속에
있는 슬픈 눈물을
흘린다고 누가
보는 사람도 없고

탈을 쓰고
춤을 추는 내 모습을
보는 사람은
즐거워서 신이 나서

춤을 추는 줄 알겠지
눈물을 흘리고
슬픈 마음을 감추고
광대 짓을 해도 아무도 모르리라

지금도 많은
사람들은 세상을
살면서 탈을 쓰고
자신의 모습을 감추고

미친 듯이 춤을
추고 있지만
가려진 탈 속에는
눈물을 흘리고 또 흘린다
눈물을…….

벗어버리면

아름다운 옷을
벗어버린 나무를
바라본다. 사람들도
입없던 옷을 벗어버리면

감추어진 부끄러운
모습을 보이지 않을까
잎이 자라고 푸른
나무는 앙상한 나무가지

그리고 부러진 가지
썩은 곳 찾아볼 수 없지만
단풍이 들고 찬서리
맞고 나뭇잎이 떨어지면

보이지 않던 상처들이
보이는 것처럼 사람들도
살아가면서 자신을
덮고 있던 아름다운

마음이 벗겨지면
아마도 잎이 떨어진
나무에 지나지 않을까
앙상한 나뭇가지처럼
보이지 않을까.

가을이 말을 한다

가을이 말을 한다
가을의 냄새를 맡아보라고
벼가 익어가는 들판에 서서
두 팔 벌려 가슴속으로

깊은숨을 들어 마셔본다
벼가 익어가는 냄새가
구수하게 가슴속에 파고든다

가을이 말을 한다
가을의 향기를 맡아보라고
들녘에서 피어있는
들국화 향기가 나의
코로 깊숙이 스며든다

가을이 말을 한다
가을의 아름다움을 보라고
푸르던 잎새들이 저마다
다른 아름다운 옷을 갈아
입고 나를 보라고
웃음 짓고 바람에 떨어지는
낙엽이 나에게 유혹의 편지를 보낸다.

세월 따라

멍하니 먼 산을
바라보니
어느새 해가 서산 넘어
가더니 한 해가 가버렸다

눈을 뜨고 열심히
바라보았지만 하루라도
건너뛰고 가는 것을 본적이
없건만 또 한 해가 가버렸다

희끗해진 머리카락은
나의 모습을 바꾸어
버리고 듬성듬성
빠진 머리카락은 질서를

잃어버린 지 오래되었다
사연 담은 낙엽은 불어오는 바람에
이름 없는 사연을 전하려
쉬지 않고 바람에 날려간다

먼 길을 왔다고 생각했는데
안개 속에 묻힌 길은 어디가
끝이 인지 알 수가 없다
어디까지 가야 길을 찾을 수 있는지

가야 한다. 또 멈출 수 없는
길이기에 정해진 곳도
약속한 곳도 없는 우리이기에
숨소리가 멈추는 그날까지 우리는 가야 한다.

미련

나무 잎사귀를 기타 줄 삼아서

울어대던 매미 소리도 희미해져 간다

아침 이슬에 목을 축이고

길가에 가로등 조명 삼고 땅을

무대 삼아 귀뚜라미가 아름다운

목소리로 노래한다

이른 아침 참새가, 재잘거리며

노래하듯 사랑의 노랫소리

들려주던 그대 목소리는 떠난 지 오래다

잔잔한 물결처럼 일렁이는 내 마음속

파도는 미련일까

추억 속 공간 속에 퇴적처럼 쌓여있는

추억들은 점점 멀어져간다

단풍이 아름다운 것처럼 한때는 아름다운

사랑이었고 하얀 눈 내리는 겨울이 오면

눈 위에 남겨진 발자국처럼 영원히 남아
있을 것 같은 사랑이였지만 햇빛에
녹아버린 눈처럼 우리의 사랑은 녹아 버렸나
스치는 바람처럼 스치는 옷깃처럼
그대와 나 스쳐가는 인연이었을까.

바람아

바람아 바람아
가을의 바람이
나를 아름다운
옷으로 갈아입혀
난 단풍잎이 되었네
바람아 바람아
나 저 단풍잎과 바람에
실어다오 단풍잎과
함께 편히 쉬게
바람아 바람아
저 흐르는 강물에
띄어다오 조각배 되어
흐르는 강물과 여행하게
바람아 바람아
나 하얀 눈 내리는 곳에

데려다오
하얀 눈 이블 속에서
잠들 수 있게
바람아 바람아
따스한 햇살이 비추는
봄날에 깨워주렴
햇님과 인사하게.

인연이란

인연이란
영원히 존재할 수 없다
어느 날 갑자기
만났던 사람도

인연이 다하면
어느 날 소리없이
나의 앞에서
떠나간다

또 다른
인연을 만나고
또 이별을
하고 그러다

어느 길목에서
잠시 얼굴을 보고
웃음을 짓고
헤어지고

인연이란
잠시 만나
세상을 살면서
조금은 외로움

슬픔을 달래주고
때로는 나를
세상 밖으로
밀어내는 그런 존재다.

단풍이 되어간다

세월이 흐르니
단풍이 되어간다
찬바람 찬이슬
맞으면 금방이라도
떨어질 것 같은
낙엽처럼 되었다
벌레 먹은 낙엽처럼
육신은 병으로
덮어오고 헤어날 수 없다
이제는 찬바람이
불지 않기를 바라지만
그러나 이제는 늦어 버렸다
낙엽이 되었는데
바람에 떨어지지 않으려고
아무리 매달려봐야

바람은 나를 떨구리라
떠나야지 어디로
나를 기다리는 곳으로
영원히 잠들 수 있는
영원히 나를 포근히 안아주는 곳으로.

단풍

너 자신이
아름답다고
많은 사람들을
유혹하여

너의 품속으로
끌어안지 마라
찬바람
된서리 맞고

바람 불어
떨어지면
한 잎
낙엽에 불과하리

바람에 뒹구는
낙엽을 밟고
지나가는 사람은
한때 너의

아름다운 모습에
유혹되어
너의 품속에
안기려는 사람들이라네.

슬픈 가을비

가을비가
속마음도 모르고 내린다
하기야 비가
눈이 있는 것도 아니고
귀가 있는 것도 아니다
배고픈 사람
마음도 알 길도 없다

하루벌어 먹는
사람들 마음 알 길도 없고
비는 오늘도
배고픈 사람

더 배가 고프게 만든다
울지도 못하고

하소연할 곳도 없는
노동자는 방콕을 하고

하늘을 지붕 삼아
잠을 청하는
사람들은 비는
더욱 원망스러운 것이다

가을비가
원망스러운 12월이다
세상을 바라보니
비처럼 축축하다

물 고인
바닥처럼 진흙탕이다
무엇을 더 채워야
자신들의 마음이 찰지…….

사람은 살다가 세상을 떠나면서
한 편의 시를 남긴다

세상에는 수많은 사람들이 살아가고 있다.

타고난 것도 제각각이다. 언어와 삶이 다르고 살아가는 방식과 생활 환경 모든 것이 다르지만, 그러나 모든 사람들은 자신만의 삶을 가지고 살아가고 있다. 즉 자신의 삶이 바로 시를 쓰는 것이다. 하루를 어떤 삶을 살아갈까 어떤 시를 쓰면서 살까 미래를 꿈꾸는 것이다. 그러나 사람들은 자신이 시를 쓴다고 생각하지 않는다.

아니, 그냥 어쩌면 무심코 하루를 보내고 어떤 삶을 살아야 할까 생각하지 않는 사람도 있을 것이다.

어쩌면 운명처럼 하루를 보내고 살아가고 있을지 모르지 않을까. 그러나 우리는 살아가면서 많은 생각을 해야 할 것이요 희망을 버리지 말고, 꿈을 안고 살아가야 훌륭한 시가 되고 좋은 시가 될 것 같다.

살면서 내가 세상을 떠나고 나면 나의 이름이 회자될 때 난 어떤 사람이었나 한번은 회자될 것이 아닐까.

세상에 태어나서 세상을 살고 이 세상을 떠나고 나면 그만이지만, 그러나 사람이란 그렇지 않을 것이며 비록 내가 훌륭한 삶을 살지 못하지만 그렇다고 나쁜 삶을 살고 가면 그것도 인간의 도리가 아니지 않을까. 훌륭한 시를 남기지 못하면 나쁜 시를 남기고 가는 것은 더욱 아니지 않을까. 좋은 삶 좋은 시를 남기고 가는 것이 현명한 것이 아닐까.

우리가 생각을 해보면 우리의 선조들 훌륭한 삶, 즉 훌륭한 시를 남긴 사람들도 너무도 많다.

그러나 그중에서도 지금 우리가 사용하는 글을 만들어주신 세종대왕이 지금 현실에서 나는 가장 존경하고 훌륭한 삶이 바로 훌륭한 시를 남긴 분이라는 데는 부정하지 않는다. 세계에서도 우리의 말을 번역하기 힘들다고 할 때도 있지만 세계에서도 표현하지 못한 말을 우리는 표현할 수 있다는 것이 얼마나 좋은지 모른다. 이렇게 훌륭한 삶을 살면서 백성을 위해서 남기신 글이 훌륭한 시가 아닌가.

이렇게 훌륭한 삶을 살지 못하지만 우리는 나쁜 삶을 살면서 나쁜 시를 남기지 말아야 할 것 같다.

남에게 피해를 주고 남을 못살게 하고 나쁜 삶을 살고 나쁜 시를 남겨서는 안 되지 않을까. 누구나 나쁜 삶을, 즉 나쁜 시를 남기고 싶은 사람은 아무도 없을 것이다. 자신도 모르게 나쁜 사람이 되고 나쁜 삶을 살 수밖에 없는 사람도 있을 것이다. 어쩌면 타고난 운명이라 자신도 모르게 그렇게 되는 삶도 있을 것이지만 한순간 잘못된 생각에 빠져 자신의 삶이 나쁜 삶이 되어버린 사람도 있을 것이고 타고난 성격 때문에 고칠 수 없는 사람도 평생을 나쁜 삶 속에 살아가는 사람도 너무도 많을 것이고 욕망에 젖어 한순간 잘못으로 평생을 후회하며 살아가는 사람도 많을 것이다. 이 모든 것은 통제하지 못한 자신에게도 있을 것이고 어쩌면 우리는 타고난 운명을 믿어야 할지 생각하지 않을 수 있을까. 사람은 근본적으로 자신의 욕망 속에 살아가는 하나의 생물에 지나지 않아서 사람은 서슴없이 나쁜 마음으로 돌아서서 실행에 옮기며 욕망을 채우며 살아가는 사람이 이 세상에는 너무나 많을 것 같다. 누구의 잘못도 아니며 오직 자신만이 통제할 수밖에 없는 상황이지만 자신도 통제를 못 하니….

나쁜 삶을 살아갈 수밖에 없는 것이 아닌가 생각이 들어 보인다. 조금만 생각을 한다면 나의 이웃 남에게 피해를 주지 않고 얼마든지 살아갈 수 있는 우리인데 모든 것은 자신의 마음이라 생각이 들어 보인다. 작은 나쁜 마음은 얼마든지 고칠 수 있고, 나 자신을 좋은 사람으로 살아갈 수 있는데 그렇지 못한 현실 세계에 살고 보니 조금만 귀에 거슬리는 말을 들어도 참지 못하고 나쁜 행동으로 바뀌어 버리는 세상에 살고 있지 않을까. 꼭 어떻게 말을 할 수 없을 때가 많이 있을 것 같아 보인다.

살면서 우리는 영원히 지워지지 않는 나쁜 삶이 되지 않게 살아가는 것이 현명한 것이 아닐까. 자신이 세상을 떠나고 자신이 회자되는 일이 없는 인생이 좋은 삶이 아닐까. 오늘 하루의 삶이 나의 시를 쓰는 것이고 하니 좋은 시를 쓰면 나의 삶이 좋아지고 좋은 시를 남기면 얼마나 좋을까. 시인처럼 시를 남겨야 시를 남기는 것이 아니다. 내가 바르게 살아가고 남에게 피해를 주지 않는 삶이 좋은 삶이며 바로 내가 남기는 한 편의 시인 것이다. 오늘 하루를 즐겁게 살아가고 남에게 봉사도 하고 어려운 이웃이 있으면 도움이 될 수 있는 사람이 되면 얼마나 좋은 사람으로 살아 살아가는 것이라 생각이 든다. 시를 쓰는 시인은 자신의 마음을 쓰는 것이고 때로는 세상에 하고 싶은 말을 하는 것을 표현할 뿐 그 이상도 그 이하도 아니지 않을까.

사람은 얼마든지 열심히 살다 보면 희망이 있고 꿈이 생기는 일이 일어난다. 오늘 하루도 열심히 좋은 삶을 아니 좋은 시를 쓰다 보면 모여서 좋은 시집이 될 수 있다. 시가 따로 있나 내가 쓰면 시가 되는 것이고 좋은 삶을 살아가는 것이 바로 시다.

좋은 삶을 살기 위해서 우리는 끊임없이 노력해야 하지 않을까. 내가 노력하지 않고 좋은 삶을 바라서도 안 되지만 오늘 하루 쉬고 싶다고 하면 미래에 나의 삶은 좋은 삶이 되지 못할 것 같다. 지금은 힘이 들더라도 참고 열심히 하루를 삶의 시를 써야 하지 않을까. 열심히 삶의 시를 쓴다면 행운도 따라오고 또 누군가는 나를 도와 줄 수 있는 기회가 오지 않을까. 오늘 쉬지 말고 시를 열심히 쓰는 인생이야말로 좋은 인생의 지름길이 아닐까 생각이 드는 것 같다.

성공은 삶의 시를 열심히 쓰는 자만이 이룰 수 있는 것이 아닐까. 먼 훗날 좋은 시를 한 편 남기고 세상을 떠나는 사람이 되어야 하지 않을까. 세상에 태어나서 남들보다는 좀 더 좋은 삶의 시를 남기고 떠나야 그래도 보람된 삶의 시를 쓰고, 비록 훌륭한 삶은 살지 못해도 나쁜 삶의 시를 쓰고 세상을 떠나는 것보다는 좋지 않을까.

훌륭한 삶의 시는 미래에 도움이 되지만 나쁜 삶의 시를 남기는 사람은 오래도록 회자되는 오점이 있지만, 좋은 삶의 시를 남기는 사람은 금방 잊어버리니까….

훌륭한 삶의 시를 남기지 않더라도
나쁜 삶의 시를 남기지 말고
좋은 삶의 시를 남기는 사람이 되자.

또 다른 준비

따스한 햇살에
고운 손 내밀듯 꽃 봉오리 터트리고

풀내음 그윽한
향기를 봄바람에 띄우더니

뜨거운 햇볕
팔 벌려 가리운 듯이 푸르던 잎사귀도

아름다운 옷으로
갈아입더니 어느새 훌훌 벗어버리고

또다시 찾아오마
낙엽 한 잎으로 편지 한 장 바람에 날리고

벌거숭이 되어버린 나뭇가지는
하얀 이불솜 기다리는 겨울을 맞이하고

잠들어 버린 꽃봉오리는 또다시
맞을 봄을 위해 깊은 잠 속에 빠져 꿈을 꾼다

또 다른 준비를 맞이하기 위하여.

어느 겨울날 나무를 보면서

모든 것 지우고 떠나세요

지나온 기억 지우고
떠나세요 모든 기억들
가슴속에 묻혀있는
아픈 기억 슬퍼했던 기억들
사무친 마음 한이 맺힌 기억
이 세상에서 모든 것 지우고
떠나가세요 가슴속에 간직하고
떠나시면 마음 편히 가시지
못합니다 어쩌면 당신께서
지우고 싶지 않아도
모든 기억 지워드릴 것입니다
뵈옵될 때마다 제가 보기에도
지난날 기억들이 많이
지워있지만 아직도
가슴속에 맺힌 아픈 기억은

아직도 남아 있습니다
아마도 모든 기억들 지워지지
않지만 이 세상 살아계실 때
마음속에 남아있는
한 맺힌 기억 슬픈 기억
모든 기억 지우시고
따스한 봄날에 꽃이 피는
날에 꽃향기와 함께
떠나세요 행복하실 겁니다.

꽃은 다듬지 않아도 핀다

꽃은 씨가 떨어진 곳에 피어난다

누가 가꾸지 않아도 자연 속에 자라고

풀숲에서도 피어나고 자연의 조화가

맞으면 어디서든지 꽃은 피고 진다

자연이 피고 지는 꽃을 꺾지 마라

꽃이 없다면 세상도 자연히 소멸되고

사람도 살 수 없는 세상이 될 것이다

자연의 꽃이 피지 않는 곳에는 사람이

살 수가 없듯이 누구든지 자연의 꽃을

꺾지 마라 자연의 꽃이 피지 않는 곳에는

행복도 웃음도 모든 것이 사라진다

지금까지 자연의 꽃이 없는 곳에는 꽃의

향기가 있었던가 꽃의 향기가 없으니

사람이 살 수가 없고 세상이 외면하는

꽃이 되어 그늘 속에 많은 사람들이 고통 속에

살고 있지 아니한가 자연의 꽃이 꺾이는
순간 모든 것이 사라진다 웃음과 행복 꿈
한순간 사라지면 우리의 미래가 있을까
철학을 가진 사람과 지식이 있는 사람은
자연의 꽃을 꺾지 아니하지만 욕망에
젖은 사람은 자신의 욕망을 채우기 위해
자연의 꽃을 꺾어버린다 눈을 감고 자연을
생각하면 해답이 있는데 철학 정신을 가지지
못한 사람은 해답을 찾을 수가 없다
자연은 순리를 가르치고 지혜를 주는데
욕망에 사로잡힌 사람은 배우지 못하니
지도자의 능력을 상실한다 진정한 지도자는
풀숲에서도 피어나는 꽃 한 송이도 꺾지
않는 정신을 가져야 한다
그것이 진정한 지도자요 용기 있는 사람이다
꽃을 꺾지 않는 마음이 가장 아름다운
사람이며 가장 훌륭한 사람이다.

시간의 길

시간의 길이

모든 것을 기억하고

모든 것을 지워버리고

그렇게 우리는

시간의 길 위에서

오늘도 걸어오면서

가장 소중한 것도

가장 기억될 것도

우리는 시간의 길에서

잊고 그렇게 살아간다

어쩌면 당연한 결과이지만

그러나 우리는 그렇게

될 수밖에 없다

아무리 내가 기억하고

소중하게 간직해야 할 것도

시간의 길 위에서는
어쩔 수 없이 지워가고 잊고 가야 한다
시간의 길 위에서는
그 누구도 지킬 수 없고
약속할 수도 없다
다만 희미한 기억 속에
남아 한 번씩 되감는 필름에
지나지 않는다
우리는 시간의 길을 걸어가고
있기 때문이다.

마음속의 숙제

창문을 열고

숨 한번 쉬어본다

가을의 향기가 가슴속 스며든다

붉게 물든 고운 단풍잎이

하나 둘 떨어져

대지 위에 아름답게 수를 놓는다

행여 바람에 쓸려갈까

마음이 조여든다

아득히 밀려오는 추억

추억 속 사진에 한사람

고운 단풍잎에 내 마음 적어

바람에 띄어 본다

한때는 아름다운 사랑이었고

그리운 사랑이었지만

지금은 내 곁을 떠나고 없다

아직도 마음속에 남아있는 것은
사랑일까 그리움일까 아니면 정일까
마음속 숙제로 남겨두자.

세월

바람처럼 왔다가
바람처럼 지나간다
스치는 곳마다
지나는 곳마다

변하지 않는 것이
없듯이 지나갈 때마다
많은 흔적을 남기고
상처가 가득하다

떠나간 사람은
말이 없고 사랑은
가슴 속에 남아
고여있는 깊은 연못처럼

깊어지고 너는
지나갈 때마다
나의 모습을 바꾸어
버리고 먼 훗날

나를 찾아온
님은 나를 알아보지
못 하게 만들어 버리고
너는 말없이 지나가는구나

또 너와 나
이별을 하고
또다시 만나야
하는구나.

2020년 한해를 보내며

미련 (1)

차가운 바람이
옷깃을 스치고
달빛 그림자 밟고
바람에 뒹구는

낙엽은 몸부림치듯
마음속에 남아있는
미련 속에 헤메는
내 마음은 쓸쓸한

한 조각 물위에
떠 있는 낙엽처럼
떠나가는 종이배처럼
어디론가 떠나고 싶다

달빛 따라 하늘을
날아가는 기러기처럼
찾아갈 수 있는 곳이 있다면
얼마나 좋을까

전등불이 꺼지면
두 눈을 감고 삶의
흔적을 되감고
지나온 시간들을

어둠 속에 그 길을
찾아 잠시나마
떠나본다 수많은
시간들 수많은

추억들이 한 장의
필름처럼 지나간다
언제나 떠나는
구름처럼 나 역시

머물지 못하고

떠나가겠지
세월 따라, 자연이
나를 부를 때 나는 떠나가겠지.

사람은 자신의 마음을 볼 수가 없다. 현명한 사람은 자신의 마음을 볼 수가 있다(일명 가상 강연)

나는 오랫동안 마음속에 하고 싶은 것이 있었다. 노상 강연, 작은 공원이나 기차역이나 사람들이 모이는 그런 곳에서 나의 마음을 이야기하고 때론 우리의 삶을 이야기하고 철학을 이야기하고 살아온 자신의 이야기를 하는 작은 강연 노상강연을 하고 싶었다. 그래서 나는 늘 마음속으로 강연을 하고 오늘은 무슨 이야기 할까, 어떤 이야기를 주제로 할까 하면서 나 나름대로 주제를 가지고 강연을 했다.

오늘 그 꿈을 향해 기차에 몸을 싣고 노상역으로 가고 있다.

드디어 항상 마음속에서 하던 강연을 오늘은 많은 사람들 앞에서 하기로 했다.

한 번도 많은 사람 앞에서 이야기를 해 본 적도 없고 강연을 해 본 적도 없다.

나는 대학을 나온 사람도 아니고 나는 초등학교 졸업장이 전부인 사람이다.

인정받지 않는 요즈음 같으면 대안학교라 할 수 있는 재건중학교 2년 졸업이 나의 최종 학력이다.

설렌다. 가슴이 쿵덕거린다. 우황청심환을 하나 먹자 조금은 진정되게.

노상역에 도착했다. 마음이 더욱 설렌다.

조금은 천천히 가고자 계단으로 올라가기로 했다.

한 발짝 한 발짝 올라가면서도 마음속으로 다시 한번 강연을 해본다.

드디어 노상강연장에 도착했다.

잘 꾸며진 노상강연 자리가 나무 그늘아래 자리 잡고 있었다.

사람들이 많이 모였다.

나는 앞에 나가 인사를 한다.

여러분 만나서 반갑습니다.

오늘 처음 이 자리에 더욱 가슴이 떨리고 설렙니다.

이런 자리는 처음이라서요.

아직 한 번도 다른 사람 앞에서 강연이나 뭐 연설이나 해본 적이 없어서요.

아무튼 반갑습니다.

더욱이 이 자리를 만들어 주신 노상역장님께 감사의 말씀 드립니다.

박수 한 번 주세요.

역장님한테.

박수~~~~~~~~~~~

여기 노상강연 자리는 저뿐이 아니고 여러분도 누구나 이 자리에서 마음껏 하고 싶은 말이 있으면 누구나 강연할 수 있습니다.

자신의 살아온 이야기나 겪은 이야기나, 여기는 특별한 사람만이 강연할 수 있는 그런 자리가 아니고 누구나 할 수 있습니다.

사실 우리가 강연을 한번 들으라면 대학교나 아니면 기업이나 관공서 같은 데 가야 많이 그것도 일부분 사람이 들을 수 있지만 여기 이 자리는 누구나 들을 수 있고 시간이 바쁜 사람은 잠시 들으시다 가시고, 시간이 많은 사람은 다 듣고 가셔도 되고 즉석에서 자신이 30분간 강연을 할 수도 있습니다.

앞으로 노상강연 자리를 활성화해서 우리 노상역의 명물로 만들어가는 것도 좋을 것 같습니다.

인터넷 방송으로 생중계를 하면 우리 노상역을 더욱 홍보도 할 수 있고 많은 분들이 여기서 강연을 하면 얼마나 좋습니까.

그리고 좋은 사람들도 지식이 많은 분들도 좋은 말씀을 해 줄 수 있는 공간이라 생각합니다. 앞으로 여러분의 많은 참여를 바랍니다.

저의 오늘 강연 주제는

〈사람은 자신의 마음을 볼 수가 없다. 그러나 현명한 사람은 자신의 마음을 볼 수가 있다〉라는 주제를 가지고 한 30분간 강연을 하겠습니다.

여러분은 자신의 마음을 볼 수가 있습니까? 없지요. 네, 저 역시 제 마음을 볼 수가 없습니다.

세상 그 누구도 자신의 마음을 볼 수가 없습니다.

전자는 마음을 볼 수가 없고 후자는 볼 수가 있다고 했습니다.

그렇지요. 그러면 볼 수가 없다는 것은 단정을 지우는 그런 말이고 후자의 말은 볼 수가 있다고 했습니다. 그러면 미래지향적인 말이라 생각해 봅시다.

마음을 볼 수가 없기에 사람들은 자신에 대한 먼 훗날 자신이 어떻게 살아가는지 그리고 자신이 성공을 하는지 또한 자신이 어떠한 삶을 살아가고 있는지 아무도 모르죠. 바로 자신의 마음을 볼 수가 없기 때문에 자신의 미래를 볼 수가 없습니다.

자신의 마음을 볼 수 있다면 자신은 얼마든지 성공하고 잘 살 수 있습니다.

오늘날 우리는 자신의 마음을 볼 수 없기에 자신이 먼 훗날 무엇을 할지, 자신이 어떠한 위치에 있을지 모르기에 우리는 부끄러운 점이 한두가지가 아닙니다.

정권이 바뀌고 할 때마다 우리는 많은 분들이 자리가 바뀌고 좋은 자리에 발탁되어도 좋은 자리에 오르지 못하고 낙마하는 사람이 많습니다.

왜냐하면 자신의 마음을 볼 수 없기에 지난날 부끄러운 일들이 나타나서 자신의 좋은 자리도 하지 못하는 사람이 되어버립니다.

그러면 여기서 현명한 사람은 자신의 마음을 볼 수가 있다고 했습니다.

과연 현명한 사람은 자신의 마음을 볼 수가 있을까요?

평상시 자신이 현명하게 살아온 사람은 자신이 부끄러운 일을 하지 않았기에 정권이 바뀌고 자신에게 좋은 자리가 들어왔을 때 자신은 당당하게 그 자리를 앉을 수 있는 사람이기에 현명한 사람이 아닐까요? 부정을 하지 않고 깨끗하게 살아왔다면 바로 자신의 마음을 볼 수 있습니다.

마음을 볼 수 있는 사람은 다른 사람이 아니고 부정을 하지 않고 오직 깨끗하게 살아온 사람이 아닐까요?

여러분 어떻게 생각하세요?

우리가 살아가면서 자신의 마음을 볼 수 있는 사람이 되게 살아가야 하지 않겠습니까?

감사합니다. 이만 저의 강연을 마치겠습니다.

가상 강연에서

먼저 보는 것이 임자

세상에
널려 있는 것이 쓰레기다
그러나
고양이가 찾는 것은
아무 쓰레기가 아니다
그것도 아주 고급 쓰레기다
고기면 더욱 좋고
햄이나 소시지나
아니면 밥이나
먹을 것이면 다 좋다
하지만 밤눈이 밝은 고양이는
그중에서도 고급스러운
것만 골라 먹는다
밤새도록 먹어도
다 먹지 못하니까 굳이

하잘것없는 것은 주워 먹을 필요가 없으니까
버리는 것 먹는다고 누가 뭐라 할
사람도 없다 세상에는 눈먼
질 좋은 음식을 버려지는 것이 많으니까.

인생길

친구야
인생길은 하늘에 뜬 구름이잖아
뒤돌아보면 보이지 않잖아
한잔 술에 취해서 비틀거리듯
봄바람이 불어오면 봄바람에 음표 하나
붙이면 사랑의 향기가 다가오고
지저귀는 새소리에 음표 하나
붙이면 사랑의 노래소리가 들려오고
빨간 꽃잎에 음표하나
붙이면 붉은 입술에 키스하고
흐르는 물소리에 음표 하나
붙이면 님이 떠나가고
내리는 빗방울에 음표 하나
붙이면 마음속에서 눈물이 흐른다
떨어지는 낙엽에 음표 하나

붙이면 고독이 밀려오는구나

친구야

인생길이 이런 건가

도시에 불이 밝혀오고 네온사인

불이 켜지면 노래하고 춤을 추고

웃으며 행복하거라

친구야

차가운 바람이 불고 하얀

눈 내리면 모든 것을 덮고 잠들어버리니까

웃으며 행복하자 우리 행복하자.

바람 (보이지 않는 너)

난 너를 좋아하는데
난 너의 모습을 볼 수가 없구나
언제나 나의 옷깃을 스치고
나의 입술에 입맞춤하고
넌 말없이 지나가는구나

긴 세월 동안 방황의 끝자락에
와 있지만 너를 한 번도 본 적이 없구나
때로는 너를 가슴 가득
안아 보기 위해 두 팔 벌려
너를 맞이했지만
넌 소리 없이 가버리는구나

잠자던 낙엽이 살랑살랑
손을 흔들 때면 너의 모습은

보이지 않지만 네가 오고 있다는 기쁨에
두 눈 감고 너와 입마춤하리라

가끔 너의 지나간 자리에는
상처도 많지만 때로는
너의 몸에 자신을 실어 새로운
보금자리로 새로운 생명을 시작하는
그들은 얼마나 고마움을 느낄까?

너의 모습은 영원히 볼 수는 없겠지만
항상 네 주위에 있다는 것에
난 기다림과 지침 속에서도
난 불평하지 않으리라

계절이 가고 또 다른 계절이 와도
넌 변하지 않지만
가끔은 너의 성난 모습에
실망스러울 때 있지만
너의 진심이 아니라는 것을 알기 때문에
난 변함없이 너를 가슴 가득 안아 보고 싶구나.

쌓인 낙엽처럼

오랜 시간 동안
쌓인 낙엽이
한 줌 흙으로
돌아가기에는

많은 시간과
세월이 필요하듯이
당신과 나
만나서 사랑하며

지나온 시간들
추억들이 사진을 보고
필름을 되돌리면
많은 추억들이

쌓인 낙엽처럼

쌓여 마음속에서

지워지기에는

오랜 시간이 필요하겠지.

삶의 끝자락

한 줌 움켜쥔 한 줌의
재를 바람에 날리어본다
바람에 날아간 재는 찾을 수가 없다
삶의 끝자락이 이렇게
허무한데 우리는 아무도
느낌을 느끼지 못하고 살아가고 있다
내 주위 내 가족 많이 보면서
탐욕으로 물들어 버린 우리 마음은
더 이상 비울 수 없는 그릇으로
변해버리고 사랑이란 종교를
가지고 자비와 깨달음 알고
가지고 있는 사람들도 실천을
하지 못하고 살아가고 있다 사랑과
자비를 알면 더 이상 거기에 머물지
않고 네가 사랑을 원하는 사람에게

사랑을 베풀고 자비를 바라는 사람에게
자비를 베풀고 살아가야 한다
그것이 진정한 사람인데 우리는
탐욕의 마음을 비울 수가 없기에
사랑을 가르친 사람이나 자비를 가르친
이들에게 기도로 자신의 탐욕을
채워달라고 애원한다 신은 우리에게
이 아름다운 강산에 꽃이 피고 새가 울고
온갖 향기와 아름다운 소리로 우리에게
행복을 채워주고 있는데 우리는 무엇을
더 얻기 위함인지 목이 메도록 기도를
하는지 알 수 없다 자연이 가르쳐주는
대로 살아야 하는데 우리는 스스로 이 아름다운
세상을 저버리고 있지는 않을까?

어머님이 떠나신 날 장례식에서

새싹

어제는 보이지
않던 새싹이
밤새 비가 내리더니
파랗게 돋아나

예쁜 미소로
나를 반긴다
파란 새싹에는
무엇을 감추고

나에게 미소를 보낼까
빨간 꽃일까
아니면 노란 꽃일까
무슨 색깔로 꽃을 피울까

아직 피우지 않는
파란 새싹을 보면은
우리가
세상에서 처음으로
첫 만남 사람들 아닐까

처음 만난 사람을
우리가 알 수 없듯이
꽃도 피어봐야
그 꽃이 노란 꽃인지
빨간 꽃인지
알 수 있듯이

사람도 오래도록 만나봐야
그 사람이 어떠한
사람인지 알 수가 있듯이

하지만 꽃이 지고 나야
그 꽃이 어떤 꽃인가
알 수 있듯이

사람도 그 사람이

세상을 떠나야 진정

그 사람을 말할 수 있지 않을까?

혀는 길들일 수 없다

사람들은 태어나서 자라며 말을 배운다
처음에는 엄마 아버지한테 말을 배우기
시작하고 그리고 유치원 가면서 또 다른
환경에서 말을 배운다 그러다 학교에 입학하면
또 다른 환경에서 친구들과 말을 배우고
선생님한테 듣고 그렇게 성장하고 중학교
대학을 나오고 사회에서 많은 사람들과 말을
하고 직장 생활 그리고 스스로 또 말을 배우면서
살지만 우리는 지금 현실에서는 말 한마디
때문에 싸움도 일어날 수도 있고 때로는
자신이 참지 못하고 말을 함부로 하다 보면
폭행이 이루어질 수도 있는 상황이 될 수도 있을 것이다
또한 세상에서 보면 말을 함부로 하는 것을 수없이
보고 거짓말은 밥 먹듯이 하는 사람들도 많다
그러나 거기에 대해 사과하지도 않지만

한마디로 뻔뻔한 그 자체다
하기야 지키지 못할 약속은 다음에 지키리라
또다시 거짓말을 한다 왜 사람들은 거짓말을
할까 그것은 자신의 입속에 있는 혀를 자신도
혀를 길들일 수 없기에 말을 함부로 하고 자식이
부모한테 그리고 부모가 자식한테 말을 함부로 하는
일들을 들을 수도 있을 것이다
지식을 배운 사람이나 배우지 못한 사람이나 똑같다
죽을 때까지 사람은 자신의 혀를 길들일 수 없다
바로 성경에서는 혀를 길들일 수 없다 라는 문구를
내가 교회를 다닐 때 읽은 적이 있는것 같다 나는 살면서
말을 실수는 하지 않는지 남에게 험한
말을 하지 않고 살아가고 있는지 스스로
생각하고 남한테 악한 말을 한다면 언젠가는
자신에게 돌아온다는 것을 명심하고
남에게 좋은 말 피해주지 않는 말 아름다운
말을 하면 아마도 자신에게는 좋은 일이 가득
할 것이다 서로가 조심하고 이해하고 한 번 더
생각하고 말을 한다면 얼마나 좋을까
자신의 입 안에 든 혀는 자신도 길들일 수
없기에 반복적으로 거짓말을 한다 사기를

치는 사람은 거짓말을 반복적으로 거짓말을
함부로 하니까 사기꾼이 되는 것이 아닐까
우리는 거짓말을 하는 사람들이 하는 말을
믿으면 안 된다. 또다시 거짓말을 할 수 있을 일이
일어날 수도 있으니까 항상 조심 해야 한다
성경 속 말처럼 입안에 든 혀는 길들일 수 없다
우리 스스로 거짓말에 속지 말고 살아가야
하지 않을까요?

기도

두 손 모아 기도하는
여인처럼
차가운 바닷바람도
기도 속에 잠들어 버리고

붉은 태양에
물들어 버린 바다는
스님의 옷자락처럼
넓고 넓은 엄마의 품처럼

모든 걸 품 안으로
감싸듯
지그시 감은 눈빛은
모든 걸 용서하듯

바위마다 돌탑은
사랑하는 님을
기다리며
오랜 세월을 말하고

단정이 홀로이 앉아
오늘도 님들의
슬픈 마음
괴로운 마음

하소연해도 묵묵히
말없이 들어주는
그대는
아름다운 마음의 부처인가

바람에 퍼지는
풍경소리는
누구를 위하여
슬피 우는 소리인지

두 손 모아

기도하는 모습은

사랑하는 님을

위하여 기도하는 그대 모습이 아닐까?

부산 용궁사에서

꽃 속의 벌레

꽃은 피면은 아름답고
향기가 가득하지만
꽃잎에 숨어있는 벌레는
보지 못한다
지금까지 우리는 그렇게
살아왔나 아님 우리가
그렇게 만들었나
참 서글픈 세월이 되어간다
지금까지 우리는 꽃의 아름다움과
향기만 보고 왔는데
이 꽃의 아름다움과 향기를
보지 못할 수도 있다는 느낌이 든다
꽃의 벌레보는 모습을 가르치지
못한 우리들의 잘못이 아닌가
이제는 늦어버렸다
이제는 후회해도 소용없다 이미 늦어버렸다.

산청의 소리

산청의 소리가 들려온다
영혼의 목소리가 되어
어쩌다 우리는 영혼의
목소리를 들어야 하나

수천 년 역사를 거쳐 오면서
수많은 사람들의 영혼이
묻혀있고 수많은 타인의
슬픔과 영혼들이 묻혀있는

세상을 있게 만든
그들에게 우리는 부끄러운
마음 고마움마저 잊고 지나버린다
이제는 잘못을 하여도 그들을

좋아하고 아무렇지 않은
사람이 되어가고 있다
지금의 내가 왜 있는지 생각마저
잊어버리고 잘못을 하여도

뉘우치고 반성하는 모습은 없다
누가 이런 건가 누가 만들어가나
참 암울하다 선조들이 남겨 준
이 세상을 어지럽게 만들어 가는

사람들에게 박수를 보내고
있으니 스스로 나쁜 길로
들어가지 말아야 할 텐데
마음이 무거워지는 것은 왜일까?

선택

세월은 흘러가도 소리가 없고

때로는 아픔을 남기고 상처를

남기고 역사를 남긴다

흐르는 물은 소리 내며 흘러가고

상처의 눈물이 되어 흐른다

새로운 시대가 기다리고 있다

우리는 어떤 역사를 선택할 것인가

기로에 서 있다

역사는 돌고 도는 것이지만

퇴보의 길로 갈 것인가 앞으로 나아갈 것인가

언제부터인가 우리는 변하고 있다

자신도 모르게 물들지 말아야하는데 물들어 가고 있다

스스로 그 길에 합류해 가고 있다

어디까지 갈 것인가 궁금하다

밝은 미래의 빛이 기다리고 있을까

아니면 어두운 세상속으로 갈 것인가
현명한 선택의 길목으로 가야 할 텐데….

운명

나라의 운명도

사람의 운명처럼

한순간 바뀌는 것일까

아니면 정해진 역사의

한 페이지에 나와 있을까

꽃이 피는 계절에 우리는

피고 있는 꽃을 꺾어버렸다

우리 스스로 자연의 꽃을 꺾어 버렸다

누가 다시 꽃을 피울까

아름다운 꽃이 피어야 할 텐데

향기가 그윽한 꽃이

피어 모두가 아름다운

삶을 살아야 할 텐데…

운명의 시간은 흘러간다

어떤 운명을 택할지 남은

것은 스스로 선택시간이다.

하늘 문이 열리면
아름다운 하늘이 보인다

건강에 어느 정도 자신을 가지고 살아왔다.

그런데 어느 날 갑자기 건강에 적신호가 왔다.

병원에 입원을 했다.

그러나 검사 결과 큰 병은 아니었다.

하지만 사람이 스트레스받기 좋은 병이다.

입퇴원을 반복하다 보니 정신적으로 상당히 괴로운 마음이었다.

그러다가 마지막 날 마음을 고쳐먹었다.

마음을 비우고 모든 것을 내려놓고 살기로 하자고.

어느 날 내가 갑자기 세상을 떠나면 나에게 아무 재산도 없지만 나에게 있는 것을 정리하자고 마음을 먹었다.

내가 죽고 난 후 자식들이 복잡하게 하지 말자며.

내 앞으로 있는 것을 정리하기로 했다.

나에게는 아들과 딸, 며느리, 손자, 손녀가 상속 대상이다.

그래서 내 앞으로 있는 거 살면서 정리하고.

우선 퇴원하자마자 차를 정리했다.

그리고 왜 건강이 나빠질까 고민하다가 평소에 내가 잠을 어느 쪽으로 자고 있나 생각해 보고 집에 와서 잠자리 방향도 바꾸어 버렸다.

그래서 집에서 며칠 만에 잠을 잤다.

얼마나 잤을까 눈을 뜨고 보니 꿈이었다.

이상하리만큼 꿈이 이상했다.

순수하고 세상에서 가장 아름다움을 볼 수 있는 사람만 들어갈 수 있는 곳이다.

현실에서는 그 누구도 들어갈 수 없다.

하나님을 믿으면 천국을 간다고 많은 교인들이 교회에서 설교를 한다.

하지만 누구도 들어갈 수 없는 곳이다.

꿈속에서 나는 하늘 문이 열리고 또 다른 하늘이 보였다.

아름다운 빛이 쏟아지고 하늘에는 맑고 깨끗하고, 구름이 떠다니고 너무나 아름다운 또 다른 하늘을 보았다.

순수하고 빛이 아름다운 하늘 그러나 그곳은 누구나 쉽게 들어갈 수 없는 곳이라는 것을 다시 한번 눈으로 보았을 때 아마도 저곳이 하늘의 천국이구나 하는 곳이라 생각했다.

보이지 않는 물체가 아름다운 하늘에 들어가려고 하면 바로 연기로 변하고 말았다.

보이지 않는 물체가 아무리 들어가려고 해도 모두가 연기처럼 사라졌다.

아름다운 하늘에 들어갈 수 있는 사람은 순수하고 맑은 마음을 가지고 아름다운 빛을 세상 처음 보는 그런 눈을 가진 사람만이 아름다운 하늘에 들어갈 수 있다는 것을 알 수 있었다.

과연 누구인가 바로 오염되지 않는 사람 바로 세상에 처음 태어난 아기의 마음과 눈이다.

어머니 뱃속에 있다가 세상에 태어나서 눈을 뜨면 얼마나 세상이 아름답게 보일까.

세상을 배우지 않는 마음은 얼마나 순수하고 맑을까.

세상에 처음 눈을 뜬 아이의 마음 같은 사람만이 아름다운 하늘에 들어갈 수 있으니 세상에는 그 누구도 아름다운 하늘나라에는 들어갈 수가 없다.

아기는 자라면서 탐욕과 비리 모든 것에 오염이 되므로.

성인이 된 우리는 들어갈 수가 없다.

교회에 다닌다고 해서 모두가 갈 수 없는 곳이 아름다운 하늘나라다.

오직 아름다운 하늘나라는 순수하고 맑은 마음을 가진 사람, 아름다운 빛을 느낄 수 있는 사람이다.

세월의 옷

내가 갈아입지
않고 싶지만 세월은
나의 옷을 갈아입힌다
산과 들에도 아름다운
색깔로 옷을 갈아입는다
신기하게도 세월은
계절마다 옷을 갈아입힌다
세월이 말하지
않아도 우리는 세월이
지나갈 때마다 옷을 갈아
입어야 하고 세월의
말을 들어야 한다
나의 부모님도 시키면
듣지도 않는 인생을
살면서도 세월의 말은

들어야 한다 세월이란

얼마나 무서운 존재인지

느끼고 살아가는 사람은

얼마나 될까

세월은 기다리지도

않고 기다려 주지도 않지만

세월은 정말 무서운 존재이다

세월 앞에는 모든 것이

무너지고 영원히 남는 것이 없다.

인연

인연이란 굴레에서

당신께서 저를 낳으시고
인연이란 굴레에서 지금까지 왔습니다
덜커덩거리는 수레바퀴처럼
굴러가는 세월 속에
어릴 적에는 바람이 불면 꺼질까
비가 오면 젖을까 가슴에 묻어가면서
키웠습니다
좀 더 자라고 뛰어놀 때는 다칠까
치마가 밟히도록 저를 따라다니셨고
조금은 말을 듣지 않을 때는
회초리로 때리시며 공부하라고
누누이 말씀하시던 기억이 납니다
성인이 되었을 때는 너도 장가가서

자식을 키워보라고 하시던 말씀

이제 당신께서 저와 인연의 굴레가

서서히 벗겨져 가고 있습니다

살아오시면서 얼마나 힘든 삶 시련들

가슴에 안고 오시느라 무겁다 마다하지 않고

꿋꿋이 걸어 오셨습니다

이제 인연의 굴레를 제가 당신께서

함께 하시던 것처럼 제가

그 길을 걸어가고 있습니다

제가 걷고 보니 정말 어려운 길이고

벗기가 힘든 인연의 굴레라 생각이 듭니다

새삼 당신께서 얼마나 존경스러운지

다시 한번 고개 숙여 절을 하고 싶습니다.

유혹

아침 이슬에
눈물 흘리지 말고
아침 안개 운치에
속지말고

비 오는 날에
우수에 젖지 말고
꽃이 피는 봄에
꽃향기에 취하지 말고

아름다운 꽃에
황홀함에 빠지지 말고
아름다운 가을
단풍에 낭만에 젖지 말고

하얀 겨울 눈을
보면서 감상에
빠지지 말아라

이 모든 것은
하늘이 우리에게 보낸
유혹일 뿐
그 이상도 그 이하도 아니다
오늘날에도 사람들은
말에 속고 말에 유혹되어 살고 있다
말에 속고 살면
말에 노예가 되느니
스스로 깨우치고 살아가길….

사람은 세상을 살다가 떠나면서 한 편의 시를 남긴다

인쇄일	2025년 12월 16일
발행일	2025년 12월 22일

지은이	구군회
펴낸곳	뱅크북
신고번호	제2017-000055호
주 소	서울시 금천구 가산동 시흥대로 123 다길
전 화	(02) 866-9410
팩 스	(02) 855-9411
E-mail	san2315@naver.com